Para BILL H. y GERRY H.
R.H.H.

Para LINDSEY RAE, LACEY, TRISH y RAY
M.E.

PARA LOS ALUMNOS Y PROFESORES DE LA CAMBRIDGE-ELLIS SCHOOL
M.E. y R.H.H.

GRACIAS A LOS NIÑOS, PADRES Y ABUELOS
Maddie Zack, Bonnie, Paul y Lilla;
Emma, Sam, Karen y Bill;
Anita, Anthony, Lea, Ricky y Rosa

GRACIAS A LOS PADRES, PROFESORES, MÉDICOS Y AMIGOS
Sarah Birs, Robyn Hellbrun, Ellen Kelly, Penelope Leach,
Elizabeth Levy, Steven Marans, Linda C. Mayes, Nancy Meyer,
Anne Murphy, Janet Patterson, Carol Sepkowski, Karen Shorr,
Julie Stephenson, Pam Zuckerman

Harris, Robie H.
HI, NEW BABY!
Robie H. Harris: ilustraciones Michael Emberley

Traducción: Miguel Ángel Mendo

Del texto © 2000, BEE Productions, Inc.
De las ilustraciones © 2000, Michael Emberley

Primera edición en lengua castellana para todo el mundo:
© 2000, Ediciones Serres, S.L.
Muntaner, 391 – 08021 Barcelona

Editado por acuerdo con
Walker Books Limited, Londres

Fotocomposición: Editor Service, S.L. – Barcelona

ISBN: 84-95040-50-6

¡HOLA, HERMANITO!

Robie H. Harris

Ilustrado por
Michael Emberley

SerreS

Nunca olvidaré el instante en que viste por primera vez a tu hermanito recién nacido.

—¡Oh! —dijiste. Sólo dijiste —¡Oh! —Pero te quedaste mirándole un buen rato.

El bebé arrugó la nariz, estornudó y bostezó. Pero no se despertó.

—¡No sabe hacer nada! —dijiste por fin—. Qué pequeñajo es. Y qué naricita... No hace más que dormir. Ya podría despertarse un momento.

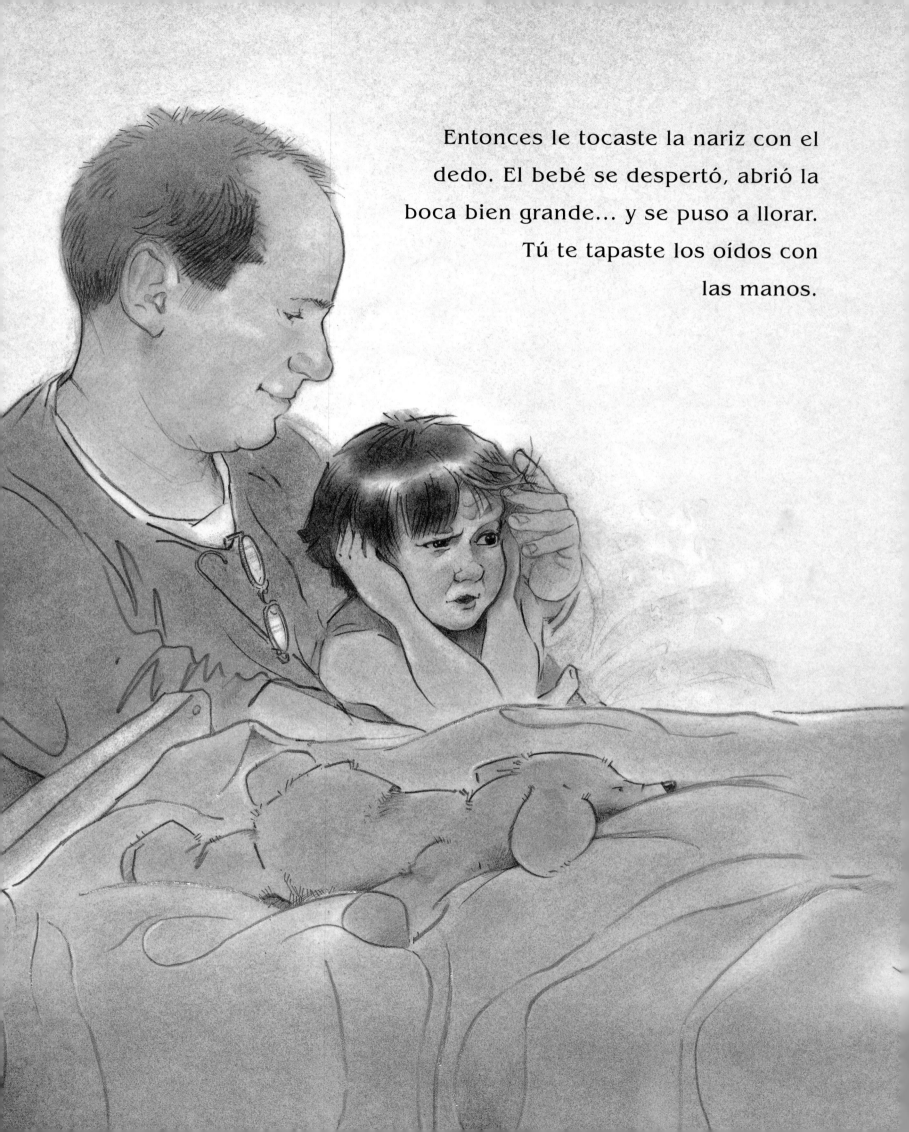

Entonces le tocaste la nariz con el dedo. El bebé se despertó, abrió la boca bien grande… y se puso a llorar. Tú te tapaste los oídos con las manos.

Mami cogió al bebé y lo meció entre sus brazos.

—¿Por qué no para de chillar? ¡No soporto tanto ruido! —gritaste—. ¡Papá, dile que se calle!

Y, de un salto, te subiste a mis piernas.

—No me gusta nada este bebé —me dijiste al oído.

—Pero seguro que a él le va a encantar tener una hermanita tan grande —te susurré yo.

Y te estreché bien fuerte y te di un beso.

Yo mecía a mi niña y tú mecías a tu osito de peluche. Me encantaba tenerte en mis brazos. Aunque ya no eras, claro, un bebé.

Pronto el pequeño dejó de llorar y se durmió otra vez.

—Bueno, ya le he visto —me susurraste—. ¿Nos volvemos a casa?

Y eso fue lo que hicimos.

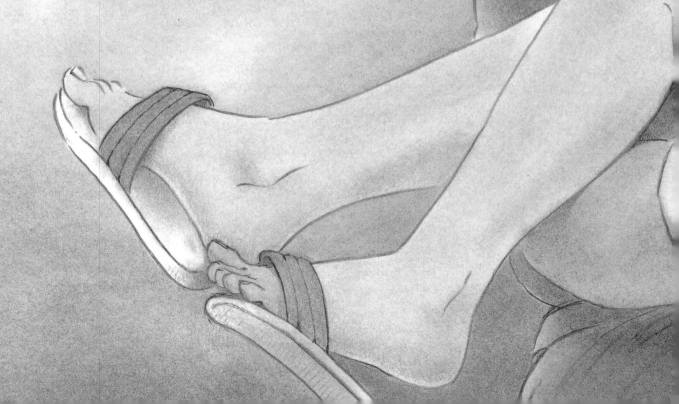

Al día siguiente, tú y yo fuimos a recoger a mamá y al bebé y los trajimos a casa. Ellos se fueron un rato a dormir y nosotros, aunque era por la mañana, nos tomamos un buen trozo de tarta de chocolate (nuestra preferida), que había hecho la abuela.

—Yo no he sido nunca tan pequeñaja como ese bebé —dijiste.

—Cuando tú eras bebé eras igual de pequeñita —te respondí.

—Pues yo no me acuerdo de cuando era tan pequeña —insististe.

—Eras el bebé más MARAVILLOSO del mundo —contesté.

—Pero ahora eres una niña grande. Ahora eres
la hermana mayor.

—¡No soy tan mayor! ¿sabes? —gritaste agarrando
tu osito de peluche y abrazándolo con fuerza. Y le
diste un beso en la nariz.

—Yo también tengo un bebé —dijiste—. El osito
es mi bebé. ¡Y es mucho mejor que el tuyo!

—Tu bebé es precioso —te contesté.

—¡Voy a enseñarle mi bebé a mamá! —dijiste,
y fuiste corriendo a enseñárselo.

—¡Mira, mi bebé! —le dijiste a tu madre
mostrándole tu osito de peluche.

—¡Me encanta tu bebé! —contestó ella.

—¿A ti te gusta el tuyo? —le preguntaste.

—Todos queremos mucho a tu hermanito
—dijo mamá—. Y a ti también. Siempre os
querremos a los dos. —Y te abrazó y te besó.

Después te quedaste mirando al bebé
y le dijiste a mamá:

—¡Pues qué aburrido es tu bebé!
¡Si por lo menos supiese
hacer ALGO!

De pronto, el niño se puso a llorar. Tú murmuraste:

—¡Llorón!

—Tiene hambre —te expliqué—. Llora por eso.

—¡Pues yo también tengo hambre! —gritaste.

Nos fuimos a la mesa y tú y yo nos comimos un sandwich de queso fundido con pepinillos. Mamá le dio el pecho al bebé y comió un pepinillo. De pronto el bebé echó un poco de leche por la boca.

—¡Qué maleducado es este bebé!—dijiste—. Yo no mancho nada. Y puedo comer yo sola. Y el bebé no.

Luego te levantaste de la mesa, cogiste el gorrito del bebé y te lo pusiste. Sólo te tapaba la coronilla. Te quedaba muy ajustado, pero te cabía.

—¡Mira, papá! —gritaste señalando el gorrito—. ¡Soy un bebé!

—¡Mira, mamá! —volviste a gritar, riendo, y enseñándole el gorro—. ¡El bebé de la casa soy yo! ¡Y con uno que haya es suficiente!

Más tarde vinieron de visita los abuelos, y el bebé tenía hipo. La abuela lo colocó sobre su hombro y tú le dabas golpecitos en la espalda. El bebé eructó. A continuación se puso a babear. Después echó otro pequeño vómito de leche. Luego estuviste viendo cómo el abuelo le cambiaba los pañales.

—¡Este bebé es un guarrete! ¡Se hace pipí en los pañales!

Yo lo hago en el váter, pero él no sabe —me dijiste.

El bebé bostezó.

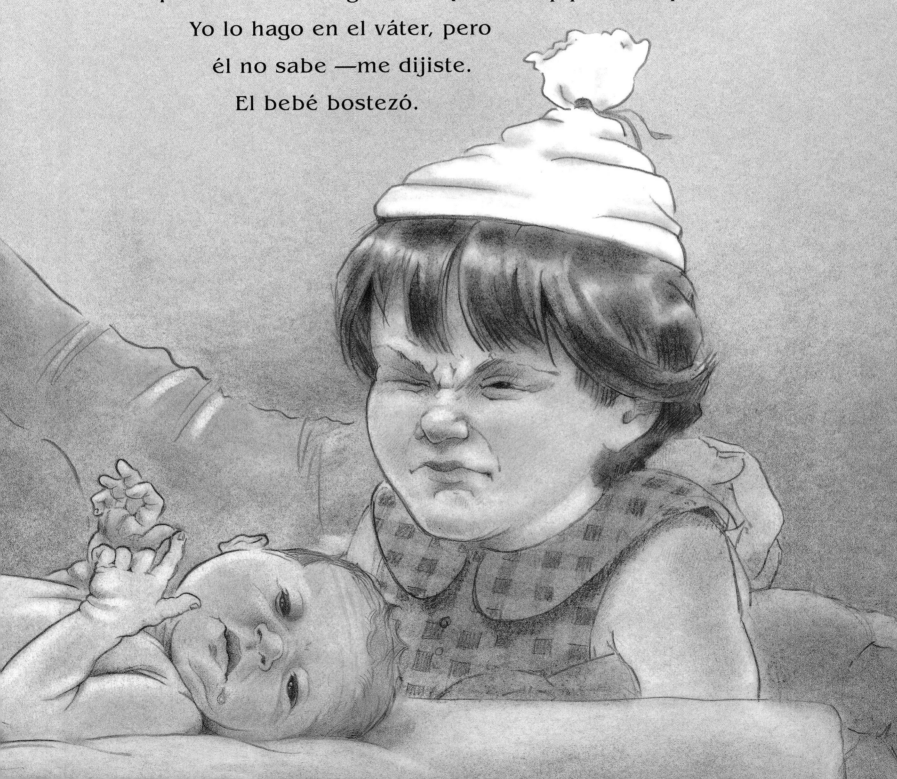

—¡Fíjate! —exclamaste—. ¡No tiene ni un solo diente! ¡Yo tengo muchííííísimos! ¡Y sé cepillármelos! ¡Y él no!

Luego le sonreíste, abriste la boca bien grande y le enseñaste todos tus dientes. El bebé entonces abrió también la boca, muy grande, como tú..., pero para echarse a llorar.

—¡Yo no estoy todo el rato llorando como este bebé! —dijiste.

—Es verdad, pero eso es porque TÚ eres la hermana mayor —dije yo.

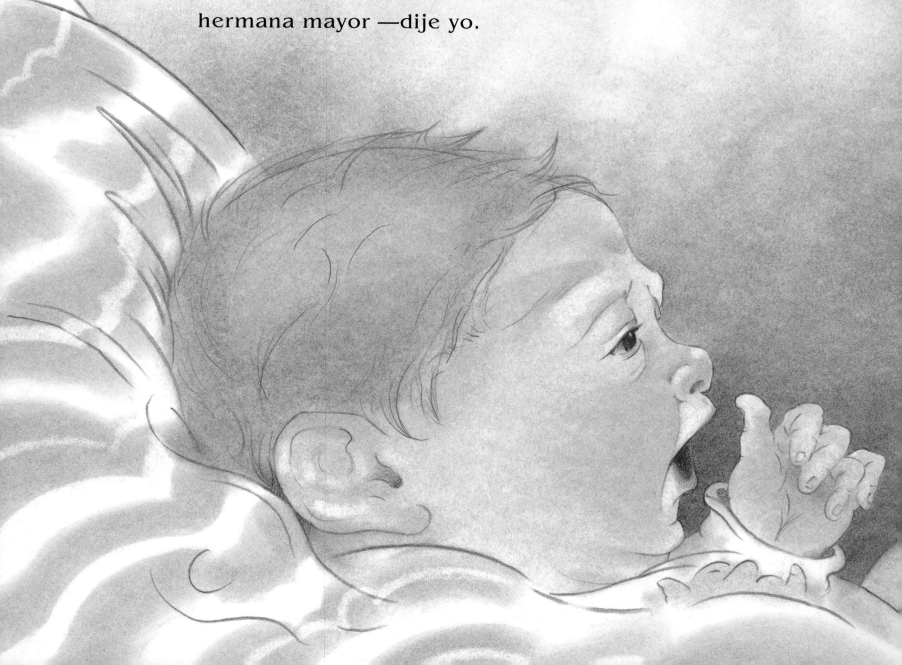

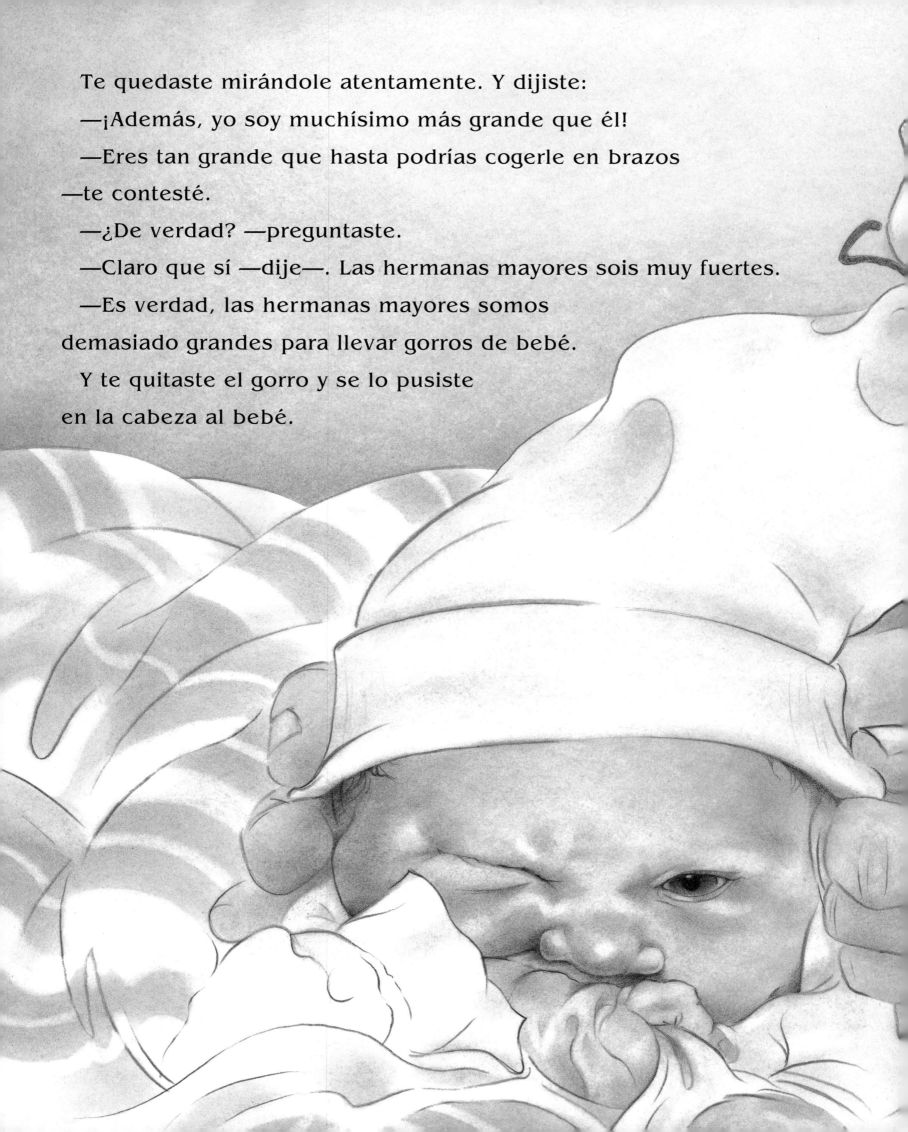

Te quedaste mirándole atentamente. Y dijiste:

—¡Además, yo soy muchísimo más grande que él!

—Eres tan grande que hasta podrías cogerle en brazos —te contesté.

—¿De verdad? —preguntaste.

—Claro que sí —dije—. Las hermanas mayores sois muy fuertes.

—Es verdad, las hermanas mayores somos demasiado grandes para llevar gorros de bebé.

Y te quitaste el gorro y se lo pusiste en la cabeza al bebé.

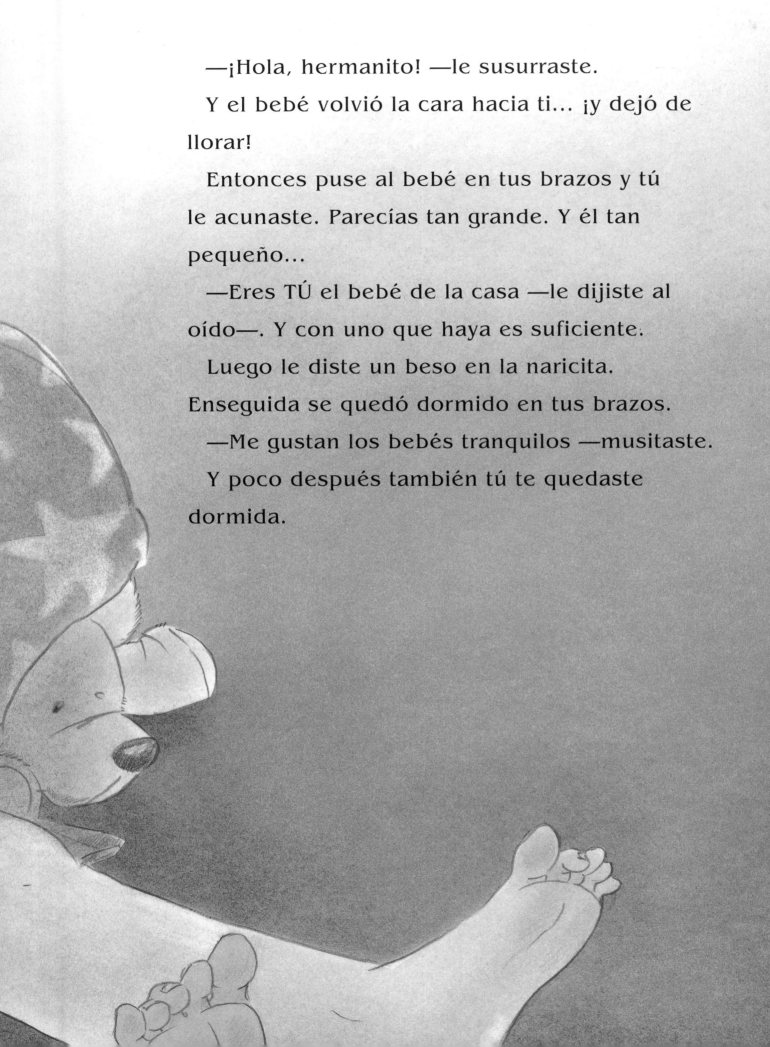

—¡Hola, hermanito! —le susurraste.

Y el bebé volvió la cara hacia ti... ¡y dejó de llorar!

Entonces puse al bebé en tus brazos y tú le acunaste. Parecías tan grande. Y él tan pequeño...

—Eres TÚ el bebé de la casa —le dijiste al oído—. Y con uno que haya es suficiente.

Luego le diste un beso en la naricita. Enseguida se quedó dormido en tus brazos.

—Me gustan los bebés tranquilos —musitaste.

Y poco después también tú te quedaste dormida.